A Leo le gusta Bebelandia

Anna McQuinn

Illustrado por Ruth Hearson

ini Charlesbridge

A Leo le encantan los miércoles.

Toma su desayuno.

Se pone su abrigo.

Se sienta en
su cochecito.

Y ya está listo para ir a Bebelandia.

Cuando llega, todos se saludan.

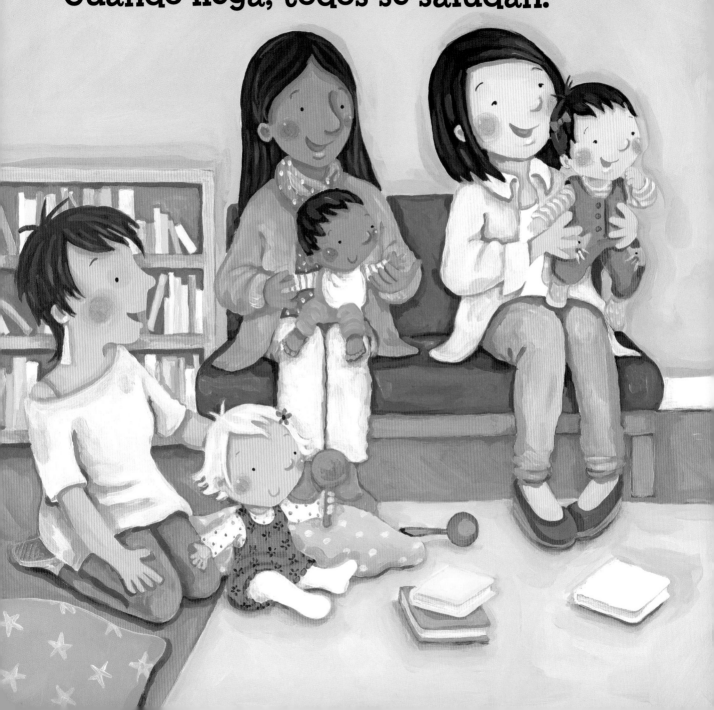

Primero cantan canciones.

Y con pañuelos juegan a "¿Dónde está el bebé?"

Cantan
"Las tortitas"…

. . . y "Qué
linda manita".

Después juegan con los muñecos de peluche.

Es el juego favorito de Leo.

Mueven
los deditos
y dan
palmaditas.

Mueven
las manos
y también
los pies.

Montan en autobús . . .

. . . y también a caballito.

¡Luego

vuuuuelan

hasta la **luuuna!**

Para terminar, leen juntos un cuento